LOLA Y EL OSO

1.ª edición: marzo 2014

Dirección de la colección: Olga Escobar

© Del texto: Ana Alonso, 2014
© De las ilustraciones: Antonia Santolaya, 2014
© Grupo Anaya, S. A., Madrid, 2014
Juan Ignacio Luca de Tena, 15. 28027 Madrid
www.anayainfantilyjuvenil.com
www.pizcadesal.es
e-mail: anayainfantilyjuvenil@anaya.es

Diseño de cubierta:
Miguel Ángel Pacheco y Javier Serrano

ISBN: 978-84-678-6108-2
Depósito legal: M. 2456/2014
Impreso en España - Printed in Spain

Las normas ortográficas seguidas son las establecidas por la Real Academia
Española en la *Ortografía de la lengua española,* publicada en 2010.

LOLA Y EL OSO

Ana Alonso

Ilustraciones de
Antonia Santolaya

ANAYA

¡AY, MI PIE!
¡UNA PUPA!
¡MAMÁ, UNA PUPA EN EL PIE!

¡Ay, mi pie!
¡Una pupa!
¡Mamá, una pupa en el pie!

ES UNA ESPINA.
NO SALE, LOLA.

Es una espina.
No sale, Lola.

NO ES UNA ESPINA.
ME PISÓ UN OSO.

No es una espina.
Me pisó un oso.

UN OSO MALO, MAMÁ.
ES ESE, EN EL PAPEL.

Un oso malo, mamá.
Es ese, en el papel.

¿ESE OSO TE PISÓ?

¿Ese oso te pisó?

SÍ. ES ESE. ESE OSO LILA.
PÍSALO, MAMÁ.

Sí. Es ese. Ese oso lila.
Písalo, mamá.

NO, LOLA.
ES SOLO UN PAPEL.

No, Lola.
Es solo un papel.

¿LO PONES EN LA MESA?
¡ES MALO, MAMÁ!

¿Lo pones en la mesa?
¡Es malo, mamá!

SÍ. SOY MALO.

Sí. Soy malo.

¡AY! ¡MI MANO! ¡SAL, OSO!

¡Ay! ¡Mi mano! ¡Sal, oso!

¡EL OSO SALE, MAMÁ!

¡El oso sale, mamá!

¡SÍ, MENOS MAL!
¡NO MÁS OSOS MALOS!

¡Sí, menos mal!
¡No más osos malos!

¡Y NO MÁS PUPAS!

¡Y no más pupas!

Cómo usar la colección

GUÍA PARA PADRES Y EDUCADORES

PEQUEPIZCA es una colección pensada para los niños que se están iniciando en la lectura. La introducción progresiva y acumulativa de los fonemas del español hará que se vayan familiarizando poco a poco con la ortografía de nuestra lengua. Al mismo tiempo, sus divertidas historias e ilustraciones facilitarán de un modo natural el hábito lector.

Si el niño está todavía aprendiendo a leer, es conveniente seguir los títulos de la colección por orden, empezando por el nivel más sencillo para ir progresando. Si el niño ya conoce todos los fonemas, los libros pueden leerse en cualquier orden, aunque sin olvidar los distintos niveles de dificultad.

A la hora de ayudar a un niño a iniciarse en la lectura hay que tener en cuenta:

- El método de lectoescritura que están utilizando en el colegio. Si ha aprendido primero las mayúsculas, debemos animarle a que empiece leyendo los textos en mayúsculas. Si ha empezado por las minúsculas, es preferible que empiece con los textos con letra manuscrita.
- Algunos niños aprenden fácilmente a relacionar los sonidos con las letras, mientras que otros tienen un estilo de aprendizaje más visual y tienden a reconocer palabras enteras. Sea cual sea su forma de aprender, debemos respetarlo y animarlo en su progreso.
- Por último, si el niño se fija primero en la ilustración, la comenta y «se inventa» el texto, no debemos regañarle, sino animarle a comparar lo que él ha dicho con lo que realmente pone en el libro. Fomentar la lectura interpretativa es bueno.

Leamos con él, respetando su ritmo, escuchándole y ofreciéndole nuestra ayuda si la requiere. Hagamos de la LECTURA una experiencia placentera para que poco a poco se convierta en un hábito.

TÍTULOS PUBLICADOS

LOLA Y EL OSO	a e i o u y (nexo y vocálica) l m s p n
EL MAPA ENCANTADO	a e i o u y l m s p n t d ca co cu que qui
LOLA TIENE UN DON	a e i o u y l m s p n t d ca co cu
EL HADA LISA	a e i o u y l m s p n t d ca co cu que qui h

PRÓXIMOS TÍTULOS

MAT Y LA FAMA	se añaden: f ga go gu gue gui
UN COCHE PARA JULIA	se añaden: g gi j ch
MAT ES UN SUPERGATO	se añaden: r -r- -rr-
EL POZO MISTERIOSO	se añaden: z ce ci